Les Belles HISTOIRES

des tout-petits

À lire et à écouter

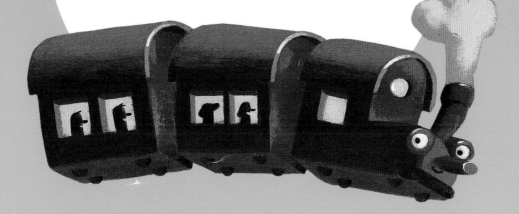

bayard jeunesse

Retrouve
tous les mois
une nouvelle histoire
dans Tralalire
le magazine
craquant plein
d'histoires
à croquer !

ISBN : 978-2-7470-5827-8
© Bayard Éditions 2015
18 rue Barbès - 92120 Montrouge - France
Dépôt légal : octobre 2015
Imprimé en Chine
Loi 49-956 du 16 juillet 1949
sur les publications destinées à la jeunesse

Les Belles HISTOIRES
des tout-petits
À lire et à écouter

Le petit collectionneur de couleurs

Une histoire de Sylvie Poillevé,
illustrée par Aurélie Guillerey

C'est l'histoire d'un drôle de petit bonhomme...

...un petit bonhomme haut comme trois pommes,
qui vit sur un nuage tout blanc, tout doux...
un vrai doudou !

Un matin, le petit bonhomme se demande :
« Est-ce que le monde est comme mon doudou :
moelleux, tout doux et blanc partout ? »

Le petit bonhomme s'étire, se prépare et dit :
– Je veux aller voir ! Allez, doudou-nuage,
je t'emmène en voyage !

Le petit bonhomme a marché, marché,
et il est arrivé dans un pays tout jaune.
Jaune citron, jaune bouton d'or, jaune soleil.

Perché sur le dos d'un chameau,
le petit bonhomme cahote, cahote
et, tout joyeux, il attrape un rayon de soleil.

– Garde ce rayon de soleil pour moi,
doudou-nuage, et continuons notre voyage !

15

Le petit bonhomme a marché, marché,
et il est arrivé dans un pays tout rouge.
Rouge tomate, rouge coquelicot, rouge baiser.

Tout excité, le petit bonhomme crie, court, saute,
et il grimpe dans un arbre à baisers.
Il cueille un baiser, deux baisers, trois baisers !

– Garde ces baisers pour moi,
doudou-nuage, et continuons notre voyage!

17

Le petit bonhomme a marché encore un peu,
et il est arrivé dans un pays bleu.
Bleu ciel, bleu martin-pêcheur, bleu mer.

Sur la queue d'une grosse baleine,
le petit bonhomme se repose un peu. Tranquillement,
il laisse glisser un vaguelette dans sa main.

– Garde cette vaguelette pour moi,
doudou-nuage, et continuons notre voyage !

Le petit bonhomme a marché, marché encore
jusqu'au pays marron. Marron ours,
marron crotte de lapin, marron chocolat.

Sentant une énorme faim au fond de son estomac,
le petit bonhomme dévore, cric crac croc,
toute une brassée de fleurs... en chocolat !

– Garde ce bouquet pour moi,
doudou-nuage, et continuons notre voyage!

21

Le petit bonhomme a marché
encore plus loin, jusqu'au pays vert.
Vert menthe, vert pistache, vert feuille.

– Coâ coâ ! chante une grenouille.
– Quoi quoi ? répond le petit bonhomme.
Plouf ! la grenouille saute dans la mare.
Hop, le petit bonhomme cueille un nénuphar.

– Garde ce nénuphar pour moi,
doudou-nuage, et continuons notre voyage!

Le petit bonhomme a marché, marché encore
jusqu'au pays violet. Violet violette,
violet myrtille, violet reflet bulles de savon.

Tout rêveur, le petit bonhomme s'allonge.
Il souffle doucement pour faire voler en rond
des milliers de bulles de savon.

– Garde ces bulles pour moi,
doudou-nuage, et continuons notre voyage !

La nuit est tombée et les voilà dans le pays noir.
Le petit bonhomme ne voit plus rien.
Doudou-nuage est un peu lourd à tirer.

Le petit bonhomme est fatigué, il s'étire,
il bâille... Il a bien envie de s'arrêter.

Alors le petit bonhomme secoue tendrement
doudou-nuage. Il en tombe une pluie de couleurs
qui le remplit de bonheur : du jaune, du rouge,
du bleu, du marron, du vert, du violet...
toutes les couleurs de son voyage !

Le p'tit bonhomme se blottit contre doudou-nuage.
Il s'endort doucement et rêve...
Il rêve de soleil, de baisers, de chocolat,
il rêve de mer, de nénuphar, de bulles de savon,
il rêve de doudou-nuage qui poursuit son voyage.

fin

En avant, petit train !

Une histoire de Claire Clément,
illustrée par Olivier Latyk

C'est un petit train
et c'est son premier jour de voyage.
Il chante : – Tuut tuut ! C'est l'heure !
Vite, vite, montez, les voyageurs !

Le petit train fait grincer ses roues de fer.
Il démarre lentement...
Les voyageurs crient :
– Au revoir, au revoir !

Le petit train file à toute allure.
Il traverse les villages, les prés, les forêts,
il vole au-dessus des rivières,
il fend l'air.

Le petit train arrive au pied de la montagne.
Il commence à grimper.
Le chemin est raide, il ralentit un peu.

Le petit train rencontre le vent,
un vent méchant qui le bouscule,
un vent qui cogne durement,
un vent qui l'oblige
à aller encore plus lentement.

Le petit train continue à grimper.
C'est son premier jour de voyage,
il voudrait tellement y arriver !
Mais il commence à souffler :
– Chhhhh... Chhhhh...

Et le petit train rencontre la neige,
une neige froide et épaisse, une neige qui colle partout,
une neige qui fait glisser les roues.
Le petit train est fatigué.

Malgré le vent, malgré la neige,
le petit train continue à grimper.

Enfin il atteint
le sommet de la montagne.
Il ne s'arrête pas, non, non !
Le voilà qui, vite, vite,
bascule de l'autre côté,
là où le chemin descend tout droit.

Le petit train
descend, descend.
Il traverse la neige,
il traverse le vent,
il traverse les forêts,
les prés, les villages,
il vole au-dessus
des rivières,
il fend l'air.

Et il arrive… oh quel bonheur, il arrive à l'heure !
Il chante : – Tuut tuut ! Tout le monde descend !
Les voyageurs disent :
– Ce petit train roule très bien.
C'est un petit train tout content
et c'était son premier jour de voyage.

53

Petite Flamme
cherche un abri

Une histoire de Catherine Chalandre,
illustrée par Aurélie Guillerey

Petite Flamme est toute petite et pleine de vie.
Elle n'a pas de maison, pas de lit.
Alors, elle se promène toute la journée
à la recherche d'un abri.

Un jour, Petite Flamme trouve une vieille vieille maison.
La maison a l'air triste et abandonnée.
Petite Flamme pousse la porte :
– Bouuh, c'est tout noir là-dedans !

Petite Flamme entre :
– Brrr, il fait froid ici !
Elle saute dans la cheminée
pour faire un bon feu et tout réchauffer.
Mais les bûches sont bien trop grosses
et Petite Flamme n'arrive pas à les enflammer.
Quand, tout à coup…

61

… la porte s'ouvre en grand.
Petite Flamme se met à rire et à gigoter.
– Qui est-ce qui me chatouille ?
demande-t-elle tout excitée.
– C'est moi, Petit Vent !
répond un malicieux petit courant d'air.

Enfin, Petite Flamme dit : – Bon ! Cette vieille maison
a vraiment besoin d'être réchauffée.

Alors, dans la cheminée,
Petit Vent souffle sur Petite Flamme.
À eux deux, ils font un sacré feu de géant.

C'est la première fois
que Petite Flamme enflamme de si grosses bûches.

– Bon! Cette vieille maison
a vraiment besoin d'être aérée,
dit Petit Vent en se pinçant le nez.
Alors, Petit Vent ouvre tous les volets
pendant que Petite Flamme réchauffe la maison.
La maison tousse, tousse à cause de la poussière.

Enfin, la maison étire ses quatre murs.
Elle respire grâce au petit courant d'air
et, avec la chaleur, elle retrouve ses couleurs.
Comme elle est belle dans la lumière !

Alors, les animaux de la forêt s'approchent
et les arbres se mettent à danser.

– On est bien, ici! dit Petite Flamme.

– On est bien, chez nous! dit Petit Vent.

Et c'est ainsi que Petite Flamme, qui n'avait pas de maison
et pas de lit, trouva en même temps un abri et des amis!

Le petit pompier

Une histoire écrite et illustrée par Gilles Eduar

Tous les jours, dans le jardin,
Paul joue au pompier
en attendant que son papa
rentre du travail.

Il faut dire que le papa de Paul
est le capitaine des pompiers.
Alors, tous les jours,
quand son papa rentre, Paul crie :

– PIN PON !
PIN PON !

et il se jette dans ses bras.

Paul a toujours rêvé
d'aller au travail de son papa.
Aujourd'hui, c'est le grand jour.
Son papa l'emmène
passer toute la journée
à la caserne des pompiers.

En arrivant à la caserne,
Paul est impressionné
par tous ces gros camions.
Les pompiers le saluent :
– Bonjour, Paul !
Même Pompon, le chien des pompiers,
lui fait la fête.

Paul a le droit de monter
dans le plus gros camion.
Il fait semblant de conduire :
– Vrrrr ! Pin Pon !
Le chien Pompon
s'assoit à côté de lui,
quand soudain…

HOUUH ! HOUUH !
HOUUH !

la sirène de la caserne
retentit.

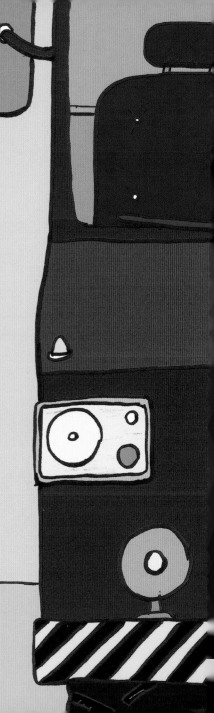

Aussitôt, le papa de Paul
saute dans le camion.
– Allez fiston, assieds-toi à côté,
mets un casque et accroche-toi bien !
Le camion sort de la caserne
à toute allure.

– PIN PON ! PIN PON !
Laissez passer les pompiers !

Le camion arrive
devant une grange en feu
et freine brusquement.
Le papa de Paul sort du camion
en criant : – Paul, ne bouge pas !

Un pompier ressort
précipitamment de la grange en feu.
Il vient de sauver une maman cochon.
Mais… mais… on dirait qu'elle veut
retourner dans la grange.
Paul se demande bien pourquoi.

Ça y est, Paul a deviné :
la maman cochon
a sûrement laissé son bébé
coincé dans la grange.
Vite, Paul ouvre la portière
en s'écriant :
– Pompon, va chercher !
Va chercher !

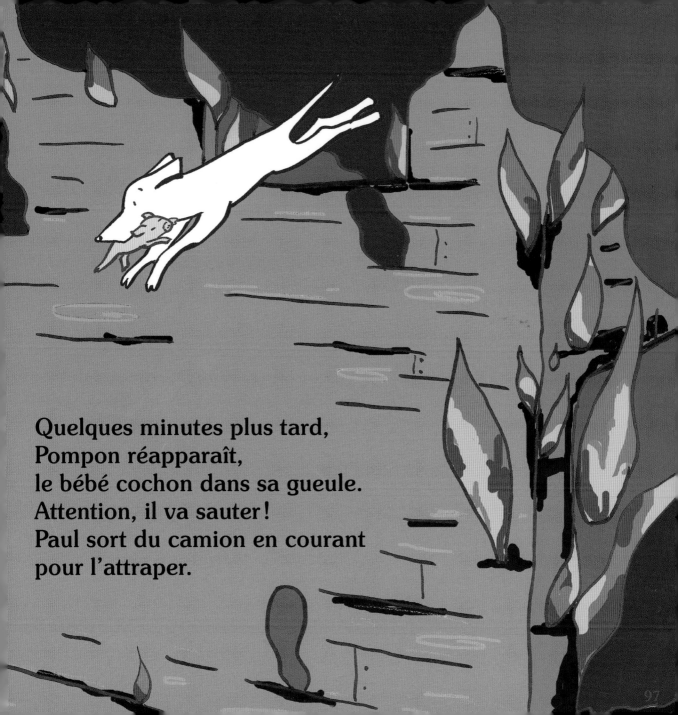

Quelques minutes plus tard,
Pompon réapparaît,
le bébé cochon dans sa gueule.
Attention, il va sauter !
Paul sort du camion en courant
pour l'attraper.

Paul a sauvé Pompon,
Pompon a sauvé le bébé cochon,
le papa de Paul et tous les pompiers
ont réussi à éteindre le feu.
Paul est fier de son papa,
et son papa est fier de son fiston !

Tout le monde s'écrie :
— **VIVE PAUL !** le plus petit des pompiers !

La fée Fifolette
a cassé sa baguette

Une histoire de Mimi Zagarriga,
illustrée par Christiane Hansen

– Saperlipopette, crotte de biquette !
La fée Fifolette a cassé sa baguette.
Illico presto, elle téléphone à Pétronille,
la spécialiste des catastrophes magiques.

Pétronille lui conseille : – Va chez Omer,
le vieux sorcier qui habite de l'autre côté de la mer.
Lui seul sait réparer les baguettes magiques cassées.

Zoum! Fifolette enfile sa cape de voyage.
– Allons bon, il manque un bouton!
s'exclame-t-elle.
Sans bouton, cette cape est un vrai courant d'air.
Abracadabron, qu'apparaisse un bouton!
Mais…

Surprise ! À la place d'un bouton
apparaît… un mouton !

– Oh là là… Quelle cata… soupire Fifolette.
Il est grand temps de réparer cette baguette…
Partons !

Après quelques heures de marche à pied,
Fifolette et le mouton arrivent au bord de la mer.
Fifolette se tourne vers le mouton :
– Tu sais nager ?
– Bêêêêê ! répond la pauvre bête affolée.

– Bon, tu ne sais pas nager, traduit Fifolette.
Abracadabro, qu'apparaisse un bateau !
Mais…

Surprise ! À la place d'un bateau apparaît… un gâteau !

– Prout de mammouth, rouspète Fifolette.
Tant pis, nous passerons par la route.

Sur la route, une voiture arrive.
Fifolette échange le gâteau contre la voiture,
et elle démarre.
Mais au bout de quelques mètres,
la voiture toussote, crachote, puis s'arrête.

– Un boulon s'est dévissé ! s'écrie Fifolette.
Abracadabrince, il me faut une pince !
Mais…

113

Surprise! À la place d'une pince apparaît… un prince!
Il dit : – Bonjour, aimable demoiselle.
Je suis le prince Serremoilapince,
à votre service, tout dévoué.
Où voulez-vous aller?

– Euh… bonjour… bredouille Fifolette, un peu gênée.
Nous allons de l'autre côté de la forêt et…
nous y allons à pied !

Dans la forêt, d'affreux brigands
se jettent sur Fifolette, le prince et le mouton.

Le prince dégaine son épée.
Il saute, il attaque, il tourbillonne,
il réattaque, il tournoie…
Les brigands, terrorisés, s'enfuient sans tarder.
– Bravo ! crient Fifolette et le mouton.

117

Peu de temps après,
Fifolette, le prince et le mouton
arrivent chez Omer, le vieux sorcier.
Fifolette lui montre sa baguette cassée.

– Nom d'un hibou, grogne le vieux sorcier.
Réparer cette baguette va coûter très très cher.
Le sorcier n'a pas fini sa phrase
que Fifolette crie à tue-tête :
– Abracadabrou, je veux plein de sous!
Mais…

Horreur ! À la place des sous apparaît...
plein de boue ! Il y en a partout, dessus, dessous...
Fifolette et le prince éclatent de rire.
Et ils rient, ils rient ! Rien ne les arrête !

– Cette baguette est vraiment trop chouette!
s'esclaffe Fifolette.
– Oh oui, gardez-la comme ça, elle est extra!
pouffe le prince.
– Bêêêê! ajoute le mouton.

C'est ainsi que la fée Fifolette garda
sa baguette magique toute cassée. Elle retourna dans
sa petite maison où elle éleva des centaines de moutons.

Quant au prince, charmant, il épousa Fifolette.
Et ils eurent ensemble beaucoup d'éléphants…
euh… d'enfants !

Collection Les Belles Histoires des tout-petits

Le petit chasseur de bruits

La princesse qui suçait son pouce

Loup Gouloup et la lune

Théo chez le docteur

Le grand amour de Bô l'ourson

Qui veut un bisou ?

La petite marmite qui tiptopait

EN AVANT, PETIT TRAIN !

Le concours de bisous

Zipette et Pigolin

Le voyage de Zipette

La boutonnière de Tcha

Au cirque BAVARD

Dis papa, POURQUOI ?

Roule Citrouille

Vive le roi Pépin !

CROSSE PATATE

PETIT CHAT NOIR A PEUR DU SOIR

La cuillère amoureuse

Le grand voyage de Pitipote

Un DouDou si Doux

La fée Fifolette a cassé sa baguette

PETIT HIPPO et son stylo magique

Attends, Madeleine !

Un poussin de mauvais poil

OULALA, CHASSEUR DE LIONS

La petite pousse qui pousse

Petite Flamme cherche un abri

MONSIEUR ET MADAME MONSTRE

Non !

Le petit pompier

JOYEUX ANNIVERSAIRE, MONSIEUR LAPIN !

Boucle d'or

Coucou, Père Noël !

LE PAPA DE PAUL

Sara s'en va

Croqu'enbouille

Deux amis pour la vie

Doudou est en colère !

Le PREMIER VOL de COULICOU

Le petit collectionneur de couleurs

Le pique-nique magique

La fée Fifolette et le gâteau Bonbon

Du lait pour mon chat